LES

DEUX AVEUGLES

LIL[illegible]	PARIS
L. L[illegible]	A. LECLERE ET Cie

Imprimeurs - Libraires

N° 523

LES DEUX AVEUGLES

Ouvrages du même auteur :

MARIE PROTECTRICE DE LA FRANCE. 1 v. in-32.
DE LA CONFIANCE EN DIEU. 1 vol. in-32.
NEUVAINE A SAINT JOSEPH. grand in-32.
NOTRE-DAME DES VOYAGES. in-18.
L'HOMME PROPOSE ET DIEU DISPOSE. in-18.
LE BON PASTEUR ; vie de Mgr Affre. in-18.
LES AMIS DU SAUVEUR. in-18.
LA PASSION MÉDITÉE dans le Sacré-Cœur. in-18.
L'ORPHELINE DE LÉPANTE. in-18.
L'EMPIRE DE LA VERTU. in-18.
SAINTE FLAVIE DOMITILLE. in-18.
LE BON VILLAGEOIS. in-18.
LE CHERCHEUR D'OR. in-18.
PARABOLES DE L'ÉVANGILE. in-18.
UN BIENFAIT N'EST JAMAIS PERDU. in-18.
SAINTE JEANNE DE VALOIS. in-18.
LE LEGS D'UNE MÈRE. in-18.
GÉRARD L'AVEUGLE. in-18.
CHAQUE CHOSE A SA PLACE. in-18.
LA CHARITÉ EN ACTION. in-18.
SAINTE GENEVIÈVE, patronne de Paris. in-18.
L'APOTRE DES NÈGRES. in-18.
VIE DE S. THOMAS DE CANTORBÉRY. in-18.
VIE DU MARÉCHAL DE BOUFFLERS. in-18.

L'Aveugle tournant la tête, lui laissa voir une physionomie si calme, si sereine.

LES

DEUX AVEUGLES

Par l'auteur de Gérard l'aveugle.

> Si vous avez mes soins, n'ai-je pas vos lumières ?
> Mes soins ne valent pas ceux que vous me rendez :
> Je vous conduis, vous me guidez !

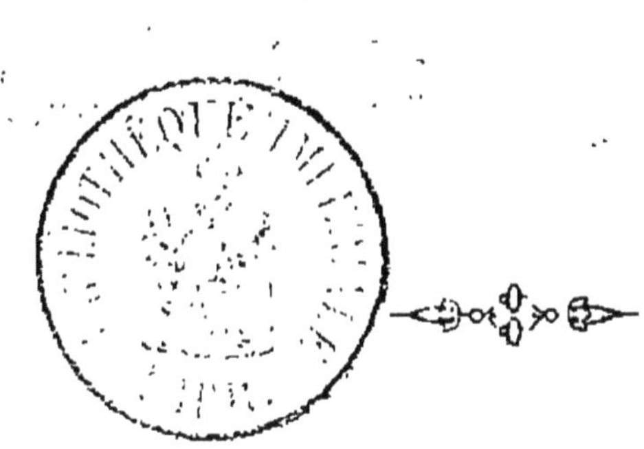

LILLE

L. LEFORT, IMPRIMEUR-LIBRAIRE.

1853

PROPRIÉTÉ DE

LES DEUX AVEUGLES

I

Le chant du soir.

C'ÉTAIT à Cologne, par une belle et douce soirée d'été. Les derniers rayons du soleil jetaient une teinte safranée sur le dôme, chef-d'œuvre inachevé de l'art gothique; l'Angelus sonnait aux nombreuses églises, et les rues étaient remplies de promeneurs qui se hâtaient, après une journée de travail, d'aller respirer l'air pur aux bords verdoyants du Rhin. Le grand fleuve qui coule si majestueusement des rochers de la Suisse aux plaines de la Hollande, berçait en ce moment sur ses flots d'émeraude de nombreux bateaux à vapeur, qui allaient emmener les touristes entre ses deux rives enchantées, toutes peuplées de grands souvenirs et de poétiques légendes. Un de ces bateaux, le *Herzog von Nassau*, qui devait chauffer le lendemain à la première heure du jour, avait déjà reçu à bord quelques voyageurs. Ceux du pavillon et de la cabine s'étaient retirés chez eux aux approches de la nuit ; mais les plus pauvres qui occupaient la troisième place, fuyant leur chambre étroite et brûlante, restés pour la plupart sur le pont, y respiraient la douce fraîcheur du soir, et regardaient la ville s'effacer dans l'ombre ;

tandis qu'au ciel se levait la splendide illumination des étoiles.

Le *pavillon*, élégant et riche salon, aux tentures de laine, aux meubles recherchés et confortables, n'était occupé que par un jeune homme, venu seul, sans domestique et presque sans bagage, et dont le silence et les manières hautaines inspiraient une espèce de crainte à ceux qui l'environnaient, et ne donnaient à personne l'envie de troubler sa solitude. Assis sur le canapé, il songeait, et baissait vers la terre un regard sombre : sa tristesse n'était point celle qui naît d'un grand et réel malheur, elle n'avait point une cause positive sur laquelle le temps puisse exercer son infaillible empire ; elle semblait inhérente à l'âme et à la pensée qu'elle rongeait comme une plante parasite et dont elle absorbait les précieuses facultés ; peut-être puérile en sa cause, mais terrible en son ascendant ; elle empoisonnait cette jeune vie à qui la Providence avait départi les dons qui font le bonheur. Hector de Mesnil appartenait à une famille honorable; il avait un nom sans tache; il entrait dans la vie par la porte d'honneur que lui avaient ouverte une suite d'ancêtres probes et vertueux; il était riche, et il possédait l'intelligence et le cœur qui peuvent donner du prix à la richesse. Il avait dans un beau pays, près de Fribourg, une maison, un foyer domestique, où son père et sa mère l'attendaient et le recevaient, pleins de joie, au retour de ses longs voyages; et malgré tant de biens, il était triste, et ne trouvait aucune saveur dans ces jouissances que le monde lui enviait.

La richesse demeurait improductive entre ses mains; les plus beaux voyages ne lui apportaient qu'ennui, le retour à la maison natale augmentait sa tristesse, et sa vie sans charme et sans soleil, sans but et sans lumière, lui pesait de tout le poids d'un ennui immense. Il croyait la bien connaître, et pourtant il éprouvait qu'elle demeurait pour lui pleine d'énigmes et d'obscurités; il ne savait d'où il venait, il ignorait où il allait, et perdu dans les recherches de ces problêmes redoutables pour celui que Dieu n'éclaire pas, il chancelait et sentait que le doute et l'ennui le poussaient vers un abîme de folie et de désespoir. Seul dans cette chambre, plus triste encore de la gaieté des autres dont les éclats parvenaient jusqu'à lui, il se demandait pourquoi il n'était pas gai aussi, lui, riche, jeune et plus favorisé de la fortune que ses voisins qui riaient de si bon cœur; pourquoi n'était-il pas heureux? que lui manquait-il? et plus il se disait qu'il devait être heureux, plus il prenait en pitié son bonheur, et plus il sentait monter à son cœur des flots de tristesse et de découragement.

La nuit était tout-à-fait tombée, et amenait avec elle le silence; on n'entendait plus que le clapottement des flots autour des roues du bateau, et le bruit étouffé, et de plus en plus mystérieux, des conversations qui se tenaient encore sur le pont. Mais ces voix même cessèrent de se faire entendre; un calme absolu régna, et au milieu de ce silence profond s'éleva tout-à-coup une voix d'homme, aussi pure que sonore, qui entonna un chant plein d'élévation et de majesté.

Hector prêta l'oreille et reconnut le beau psaume : *Cœli enarrant gloriam Dei!* mis en musique par un vieux maître italien, le Porpora.

La musique, enthousiaste et grave tout à la fois, s'accordait avec la sublimité des paroles, et la voix qui interprétait ce chant magnifique en augmentait encore les beautés. Il semblait que musique et paroles sortissent spontanément du cœur du chanteur, ému par l'aspect d'une belle nuit d'été, par la vue de ces astres qui célèbrent la gloire de l'Eternel, qui sont heureux de briller pour lui, d'accourir à son commandement en disant : Me voici !

Hector, soudain réveillé de sa rêverie, prêta l'oreille : il avait entendu beaucoup de merveilleux chanteurs, remplissant de leurs voix, auxquelles l'art prêtait tous ses charmes, les plus beaux théâtres de l'Europe, et ajoutant à la séduction de leur talent tout le prestige de la scène, des costumes éclatants et d'une situation dramatique ; mais jamais chanteur illustre ne l'avait ému comme cette voix inconnue, jetant au silence de la nuit quelques phrases de David, accentuées par un compositeur oublié. Cette voix bienfaisante et sympathique retentissait au fond de son cœur, en bannissait l'amertume et y répandait je ne sais quel sentiment de joie élevée, que ce cœur ne connaissait plus depuis bien long-temps. Il semblait que la vaste étendue des cieux apparût au jeune homme si long-temps indifférent à leurs beautés, et lui répétât ces paroles du poète allemand qu'il avait lues autrefois : *Rien n'est beau que le ciel étoilé sur nos têtes et le sentiment du devoir au fond de nos cœurs!*

Il était sur le point de monter sur le pont, afin de contempler ce beau ciel et d'entendre de plus près cette voix qui lui allait au fond de l'âme, quand soudain elle se tut... Minuit venait de sonner aux horloges lointaines de la ville : un domestique entra pour préparer la lampe de nuit. Hector lui demanda :

« Qui donc chantait là-haut?

» — Monsieur, c'était un pauvre jeune homme aveugle, qui a pris passage à la troisième place; il se croyait seul et s'est mis à chanter : tout le monde a fait silence pour l'écouter.

» — C'est bien, » répondit Hector; et

quand il fut seul, il se dit à lui-même : « Un pauvre aveugle ! eh bien ! j'échangerais sans peine mon sort contre le sien, s'il a au fond du cœur tout ce que sa voix révèle. »

II

Le voyage.

L'AURORE sortait à peine des nuages gris du crépuscule que le *Herzog von Nassau* traçait déjà sa courbe sur les eaux calmes du fleuve, et quand Hector, après une nuit plus tranquille qu'à l'ordinaire, monta sur le pont, un paysage magnifique se déroula devant ses yeux. Cologne abaissait à l'horizon la forêt de ses vieilles tours ; le Rhin courait entre deux rives majestueuses et riantes, montrant tour-à-tour des villages aux toits rouges noyés dans la verdure, des prés, des vignobles, des collines boisées et des rochers sévères, portant, comme une production du sol, les tours énormes des vieux châteaux démantelés. Le ciel était d'une pureté admirable, et la fraîcheur du matin semblait répandre dans tous les sens une vie, une vigueur nouvelles; le pont se couvrait de passagers, qui se répétaient les légendes attachées aux antiques châteaux dont les murs branlants et chenus sortaient tour-à-tour des brumes du matin : Drachenfelz, le Château des Sept-Tours, Ebhrenstein, *La Pierre de l'honneur*, Weiss-Turm, évoquaient le souvenir de ces hommes illustres, depuis César, depuis Charlemagne jusqu'à Marceau, jusqu'au général Hoche, qui ont marqué leur passage sur ces bords. Mais Hector prêtait peu d'attention à ces récits; il ne s'occupait pas de ses compagnons de voyage. Il s'éloigna enfin des groupes animés qu'ils formaient entre eux, et se rapprocha de l'avant du vaisseau, où les passagers pauvres se pressaient dans un espace plus étroit. Des paysans fumaient avec insouciance; des paysannes, portant les costumes pittoresques de l'Allemagne; s'occupaient de leurs petits enfants; des étudiants, avec la pipe et la casquette classiques, pleins de la gaîté qu'inspirent vingt ans, un beau jour et quelques semaines de vacances, regardaient avec admiration les sites nouveaux que chaque coup de piston faisait jaillir aux deux bords du fleuve; mais Hector détourna les yeux de leur groupe joyeux et bruyant; il ne rencontrait pas là ce qu'il cherchait.... enfin, assis sur un banc, silencieux, isolé, il crut reconnaître son chanteur de la veille. C'était un jeune homme de trente ans, d'une taille élégante et svelte, sous des habits communs. Hector ne pouvait voir son visage, car il tenait la tête baissée sur la poitrine, dans l'attitude un peu morne, un peu triste, familière aux aveugles; il était seul, exilé des joies de la vie, privé même de ce bonheur commun à tous, l'aspect d'un beau jour, la lumière du ciel, le tableau d'une nature fraîche et délicieuse. Hector analysait les sentiments qui, selon lui, devaient remplir d'amertume l'âme du pauvre aveugle; il le plaignait, et il accusait presque la Providence, lorsque l'aveugle, tournant la tête, lui laissa voir une physionomie si calme, si sereine, si bien empreinte d'un sentiment de résignation haute et forte, supérieure à tous les évènements de la vie, que le jeune homme demeura étonné, silencieux, ne se lassant pas de contempler ce noble visage, que l'âme illuminait de ses plus purs rayons. C'était bien le chanteur, c'était bien l'aveugle qui, la veille, avait interprété la musique du Porpora; c'était bien le pauvre jeune homme que le garçon de table plaignait avec une compassion dédaigneuse. Les yeux fermés et recouverts par le voile abaissé des paupières, une certaine hésitation dans les mouvements de l'inconnu dénonçaient la cécité, et pourtant il était seul, sans un ami, sans même un chien... En dépit de cet abandon, de cette pauvreté, de cette infirmité, il ne semblait pas triste, et placé à côté d'Hector, tous deux jeunes, beaux tous les deux, le pauvre eût offert la personnification d'un intime bonheur, et le riche celle des plus funestes maladies de l'âme, le trouble, le dégoût et l'inquiétude.

Pourquoi cette différence? quel était le mot de cette énigme? Pourquoi une joie si calme dans le plus extrême malheur? pourquoi une tristesse si amère parmi la pompe des félicités humaines? La suite nous l'apprendra peut-être.

Hector continua à se promener sur le pont, évitant ses compagnons de voyage, touristes, paysagistes, amateurs de légendes, jeunes *miss* citant les vers de Byron sur le fleuve du Rhin, fiers allemands, chantant le refrain populaire sur *le libre Rhin allemand;* français causant de Hoche et de Marceau, non loin des lieux où tous deux reposent dans une terre étrangère; et s'isolant dans ses pensées, il ne cessa d'observer l'aveugle dont personne ne s'occupait. Entraîné par le plus involontaire mouvement de l'âme, la sympathie, il sentit bientôt que cet attrait se changeait en compassion, en intérêt véritable. Il se prit de pitié pour cet isolement, pour ce malheur; il aurait voulu consoler, soulager une infortune qui lui allait au cœur; mais, malgré lui, il se sentait timide devant un grand revers courageusement supporté.

L'aveugle s'était levé et se promenait lentement sur le pont, tâchant d'éviter les obstacles qui se rencontraient à chaque pas, et qui, pour lui, pouvaient constituer un danger véritable... Hector n'y tint pas; il ouvrit la barrière qui sépare les passagers des premières et des dernières places, et s'approchant de l'aveugle, il lui dit d'une voix douce et mesurée :

« Voudriez-vous, monsieur, me faire l'honneur d'accepter mon bras? vous vous promènerez mieux à l'aise, et je m'estimerai fort heureux de vous rendre ce léger service.

» — Vous êtes bon, monsieur, très-bon, » dit l'aveugle en se tournant vers Hector, et celui-ci reconnut la voix qui l'avait ému la veille.

« Vous acceptez? » répondit Hector en passant le bras de l'aveugle sous le sien, et en l'amenant vers l'arrière où la promenade était plus libre.

Depuis long-temps, Hector ne s'était senti si heureux; son âme était dilatée par ce doux sentiment : la bienveillance de l'homme pour l'homme, la bienveillance pure, désintéressée, qui courtise le malheur et se porte surtout là où elle peut aider, consoler quelque infortune oubliée du monde.

Les deux jeunes gens firent un tour sur l'arrière du navire, sans rompre le silence; enfin l'aveugle dit :

« J'ignore à qui je dois cette marque de bonté qui me touche : voudriez-vous, monsieur, me dire votre nom ?

» — Je me nomme Hector de Mesnil.

» — Et moi Robert Simon ; vous êtes jeune, si j'en crois le son de votre voix ?

» — J'ai vingt-huit ans. »

Le silence régna de nouveau ; enfin l'aveugle reprit la parole :

« Quelle journée délicieuse ! dit-il, et que Dieu est bon ! »

Cette exclamation sortie du fond du cœur surprit Hector. Quel charme pouvait trouver dans la vie cet homme privé de tous les biens qu'elle peut offrir, et d'où venait ce mouvement de reconnaissance vers un Dieu dont les mystérieux arrêts semblaient à Hector dictés par une incompréhensible rigueur?

Il ne put s'empêcher d'exprimer sa surprise :

« Est-ce vous, dit-il, qui vantez la bonté de Dieu ! vous !

» — Moi, et pourquoi non ? répondit doucement Robert; croyez-vous que la privation d'un seul bien me rende ingrat et insensible pour tous les autres ? Je sens la chaleur du soleil, la suave tiédeur de cette matinée de juillet ; je respire le parfum sauvage que les deux rives envoient jusqu'à nous ; j'entends des voix humaines qui parlent avec les accents de la gaîté et de l'amitié, et si, comme vous, je ne vois pas ces beaux paysages que la nature a étendus le long du fleuve, je me les figure par la pensée, plus beaux peut-être, et je me réjouis en pensant que mes frères en jouissent et que l'aspect de cette magnifique nature élève sans doute leur âme vers le Créateur ; je m'unis à leur reconnaissance et à leur joie, et comme eux, avec eux, je suis satisfait.

» — Quoi ! ce sont là les sentiments que vous inspire votre....

» — Ma cécité, voulez-vous dire? Pourquoi vous en étonnez-vous ? Puis-je avoir un sentiment de révolte et de murmure, à propos d'une infirmité qui m'est envoyée par Dieu même, c'est-à-dire par la souveraine Sagesse et la suprême Bonté? Vous avez la charité de me plaindre, vous me croyez malheureux ? mais le suis-je en me trouvant dans une position où m'a placé Celui-là même qui sait le mieux ce qui me convient, pour la vie et pour le salut ?

» — Voilà du stoïcisme !

» — Non pas, c'est du christianisme, et vous devez le reconnaître, chrétien vous-même.

» — Ah ! chrétien ! » murmura Hector en secouant la tête.

Robert devina ce mouvement qu'il n'avait pu apercevoir, et le ton de la voix d'ailleurs lui révéla le sentiment que les paroles n'exprimaient pas. Il se recueillit un instant, et reprit :

« Oui, chrétien, et sans doute catholique, puisque votre langage m'apprend que vous êtes français, chrétien par le baptême, chrétien par l'éducation, chrétien par tout ce qui vous entoure; vous devez comprendre ce sentiment d'abandon à la volonté divine, sentiment délicieux qui seul repose l'âme dans le combat agité de la vie.

» — Eh bien, non, je ne le comprends pas, s'écria Hector; moi qui me sens en révolte continuelle contre ce que le monde appelle mon bonheur.

» — Vous n'êtes pas heureux? dit Robert du ton du plus vif et du plus affectueux intérêt.

» — On prétend que je le suis, ou du moins que je possède tous les éléments du bonheur.

» — Et quelque chose vous manque ?

» — Oui, toujours et partout. »

Il se tut, et Robert n'insista point. Un sentiment de pitié profonde pénétrait dans son cœur; il devinait ce qu'il y avait d'indigence et de tristesse au fond de l'âme de son nouvel ami, et il lui fit, dans le secret, l'aumône d'une prière aussi tendre que vive.

Ils passèrent ensemble toute cette journée. Hector, hier si taciturne et si fier, s'était attaché d'une manière étrange à cet ami que la Providence semblait avoir amené devant ses pas, cet ami pauvre, humble, méprisable aux yeux du monde, mais dans lequel il reconnaissait une supériorité intérieure, une grandeur secrète que la richesse ne donne pas. Robert, à son tour, en cédant aux instances d'Hector, en consentant à dîner avec lui, en acceptant ses soins et ses attentions, comprenait qu'il obéissait à un dessein de la Providence et que là, peut-être, il y aurait quelque bien à faire. Ils suivirent donc l'attrait qui les poussait l'un vers l'autre, et la journée se passa en causeries agréables et douces, dans lesquelles l'intimité se resserrait de plus en plus.

III

Premiers épanchements.

Le soir était venu, le vent avait fraîchi, et sur le pont désert il ne restait plus que Robert et Hector, assis l'un près de l'autre.

« Voici l'heure où hier je vous entendis chanter, dit Hector.

» — Vous m'avez écouté? reprit en souriant l'aveugle; en vérité, je vous trouve bien indulgent. La musique du Porpora eût mérité un meilleur interprète.

» — Je ne sais si vous avez bien ou mal chanté, mais je sais que vous m'avez ému jusqu'au fond de l'âme, vous m'avez fait penser à des choses depuis long-temps oubliées, à la nature qui est si belle et à Dieu qui est si grand.

» — S'il en est ainsi, je suis heureux, bien heureux.

» — Oui, reprit Hector en poursuivant le cours de sa pensée, c'est vraiment étrange, au son de votre voix, mes souvenirs d'enfance sont revenus à ma mémoire; je me suis rappelé le temps où j'étais petit enfant et où je priais avec tant de foi un Dieu que j'appelais *le bon Dieu !*

» — Il était bien nommé; et n'est-ce pas une admirable chose que la première pensée, qui vienne, sur nos lèvres et dans notre cœur, s'unir à la pensée de Dieu, soit celle de sa bonté ?

» — Mais si Dieu est bon, pourquoi suis-je si malheureux ? Rien ne me plaît; j'ai bu à toutes les coupes, mais, comme l'a dit un auteur, *elles ne pétillent que sur les bords.* J'ai essayé de tout, des plaisirs, de l'étude, des voyages, et au fond de tout, j'ai trouvé un ennui terrible, un dégoût mortel.

» — Je parierais qu'il est des choses dont vous n'avez jamais essayé.

» — Vous croyez? dit Hector ne comprenant pas le sens de cette parole; vous pourriez vous tromper. Voyez! Mon père, après avoir long-temps exercé la médecine à Paris, où je suis né, où j'ai été élevé, s'est retiré dans une charmante maison près de Fribourg, pays qu'il affectionnait, parce que c'était la patrie de sa mère. Il possède une grande fortune; je suis son fils unique; il m'aime, et me laisse une entière liberté, avec la jouissance d'une pension qui pourrait satisfaire des goûts plus splendides, des désirs plus ambitieux que les miens.

» — Vous êtes donc livré à vous-même, la bride sur le cou?

» — Tout-à-fait; ma mère en murmure bien quelque peu, mais mon père a pour système l'indulgence la plus entière, indulgence pour les goûts de la jeunesse, pour ses faiblesses mêmes; il ne désire qu'une chose au monde, c'est de me voir satisfait.

» — Et ce désir n'est pas accompli ?

» — Oh ! non, non ! je profite de ma liberté pour courir le monde, de ma fortune pour me procurer le bien-être et les plaisirs que les autres goûtent ou envient ; mais suis-je d'une autre argile? rien ne m'amuse, et je traîne partout l'ennui avec moi. Quand je reviens au logis, l'affection de mes bons parents me touche, mais là encore il me manque quelque chose... Oh ! quel fardeau que la vie ! quelle inexprimable peine c'est d'être et de vivre ! Je vis... pourquoi? je vais.... où ? questions terribles et qui demeurent sans réponse.

» — Sans réponse ! vous vous trompez : il est une réponse à ces questions, une solution à ces énigmes....

» — Où ?

» — Je vous le dirai plus tard, ou pour mieux dire, je vous le rappellerai ; car vous avez balbutié, enfant, la sagesse que votre âme ignore aujourd'hui.

» — Que voulez-vous dire ?

» — Répondez à votre tour à cette demande : *Pourquoi Dieu vous a-t-il mis au monde ?*

» — *Pour le connaître, l'aimer et le servir*, répondit Hector avec un sourire un peu amer ; je ne croyais pas si bien connaître mon catéchisme.

» — Eh bien ! tout est là : connaître Dieu pour remplir et contenter son intelligence, l'aimer pour satisfaire son cœur, le servir pour diriger sa volonté.

» — Heureux êtes-vous de croire à cette doctrine ! répondit Hector, heureux !

» — Sans doute, je suis heureux, et je bénis le Dieu de qui émane tout bien, de ce qu'il m'ait accordé la foi; sans elle, que serais-je devenu? J'ai souffert, j'ai été privé de tous les biens dont vous êtes comblé, et si Dieu, le Dieu des chrétiens, ne m'avait soutenu, dans quels abîmes de douleur et de désespoir ne serais-je pas tombé! »

Hector fut touché de ces paroles dites simplement, mais avec l'irrésistible accent de la vérité. Il prit la main de Robert, et lui dit affectueusement :

« Je connais votre cœur, mais je voudrais connaître votre vie... auriez-vous assez de confiance en moi pour me dire quelques mots de vous-même?

» — Vous vous attendez à un roman? repartit gaîment Robert, vous vous trompez; ma vie, quoique semée de revers, a été très-uniforme, très-ordinaire, car le malheur et la résignation sont le fond naturel de l'existence; quelques idées seules ont marqué dans ma vie, et ces idées, je vous les communiquerai volontiers, comme à un ami, comme à un frère....

» — C'est ainsi que je l'entends, » dit Hector en serrant encore la main de l'aveugle.

IV

Robert.

« Je suis né aux bords de l'Océan, dans la vieille Saintonge, et j'étais fils unique d'un capitaine de vaisseau marchand. Pendant les longues absences de mon père, ma mère et moi nous nous tenions lieu de tout l'un à l'autre; je lui rappelais, par les traits de mon visage (je n'étais pas aveugle alors !) les traits de l'absent bien-aimé, et je trouvais en elle, avec la tendresse d'une mère, les soins vigilants d'un père. Ma mère était une de ces femmes fortes que le christianisme a données au monde : elle aimait Dieu, son mari, son fils, et elle épurait même ce que les amours de la famille pouvaient avoir de trop humain, par la pensée immortelle de son Dieu, dont la volonté, les lois, les maximes étaient son guide et sa boussole. Elle m'inspira de bonne heure une vive foi en ce Dieu bon et une parfaite confiance en sa miséricorde. Cette confiance seule la consolait dans ses peines. Lorsqu'elle pensait à mon père (et elle y pensait toujours!) livré aux périls de la mer, elle se disait en contenant ses larmes : « Dieu le voit, Dieu sait ce qu'il souffre et ce que nous redoutons, cela suffit. Je vous le confie, ô mon Dieu, ayez pitié de nous ! » Et puis, lorsque le ciel était plus sombre, ou lorsque son cœur était plus inquiet, elle se réfugiait auprès de l'autel de la Vierge, dans une vieille chapelle de notre église gothique, et là, à genoux devant cette image confidente de tant de douleurs, elle priait long-temps, elle épanchait son cœur de femme et de mère et en racontait les angoisses à Celle qui fut elle-même ici-bas femme dévouée et mère abreuvée de larmes. Quelquefois, il m'en souvient, avant de se retirer, ma mère allumait devant la statue un petit cierge, qu'elle attachait à un chandelier de fer qui portait déjà grand nombre de ces tremblantes lumières; et depuis je n'ai jamais vu sans émotion ces pauvres cierges brûlant dans quelque chapelle écartée, et qui sont destinés à rappeler au ciel tant de vœux secrets, tant d'ardentes inquiétudes, tant de prières, de recommandations sorties presque toujours de quelque cœur brisé....

» J'allais atteindre ma quatorzième année, et ma mère répétait souvent, avec un sentiment de joie qui ne lui était pas habituel : « J'espère, mon enfant, que votre père sera ici pour célébrer avec moi l'anniversaire de votre naissance! » On attendait en effet le brick que commandait mon père et qui revenait d'un assez long voyage sur les côtes d'Espagne; la maison était arrangée et préparée pour ce retour tant attendu; ma mère y avait réuni, graces à ses économies de chaque jour, tout le bien-être compatible avec notre humble fortune et par lequel elle voulait récréer les yeux du pauvre marin, presque toujours à l'étroit dans sa cabine, presque toujours sevré des plus ordinaires commodités de la vie. Des fleurs, un meuble nouveau, quelques livres, des souvenirs rapportés par mon père de ses voyages, donnaient à notre maison un air de fête, et à toute heure je courais à la vigie, pour demander aux vieux pilotes qui la gardaient, si on n'avait pas encore signalé le brick *le Jeune Arthur*. J'avais fait déjà plus d'une course inutile, lorsque vers le soir du 13 septembre (je n'ai jamais oublié cette date) je remontai à la vigie.... un des pilotes, la longue-vue à la main, regardait attentivement et d'un air sérieux : « Eh bien, monsieur? lui dis-je.

» — Eh bien! mon petit, me répondit-il, je crois que voilà là-bas, au bout de la longue-vue, le brick du capitaine Simon.

» — Quel bonheur! que je suis content!

» — Hé! hé! pas moi... je voudrais que *le Jeune Arthur* fût encore au large.

» — Pourquoi donc?

» — Regardez le ciel. »

» Je regardai, et il ne me fallut pas une grande expérience de marin pour voir qu'une horrible tempête d'équinoxe se préparait. Les barques des pêcheurs, légères comme des goélands, rentraient en toute hâte; les grands navires, amarrés dans le port, assuraient leurs ancres, et quelques groupes de matelots devisaient sur la grève, en regardant d'un œil inquiet la mer qui *moutonnait* et se couvrait d'écume.

» Je courus à la maison; ma mère vint au-devant de moi :

« Eh bien! dit-elle à son tour.

» — On signale le brick.... »

» En ce moment, de grands oiseaux de mer, chassés vers la terre par le vent et surtout par leur instinct, rasèrent les fenêtres de notre maison. Ma mère les vit et joignit les mains :

« Voilà un pronostic de tempête, s'écria-t-elle; ô mon Dieu, regardez-nous d'un œil favorable! Nous allons au port, Robert; nous verrons le navire, et nous serons plus vite rassurés sur son sort; il me serait impossible de vivre d'ailleurs entre ces quatre murs. »

» Nous nous rendîmes sur la grève, d'où l'on découvrait un horizon sans bornes; au loin le vaste Océan, bondissant comme un coursier sous le frein, sillonné par les raffales du vent, jetait jusqu'à nous des vagues immenses, semblables à des monstres, dont la gueule vomissait une abondante écume. Des rochers, des îlots s'élevaient à droite : ils étaient redoutés des marins dans les temps les plus calmes de l'année, et ce fut avec une terreur inexprimable que nous vîmes le brick, le brick de mon père, irrésistiblement poussé sur ces écueils. Toute la population était accourue et regardait ce combat de l'homme contre les éléments, et le vent du large devenait si menaçant, qu'aucune chaloupe, qu'aucun bateau pilote ne pouvait quitter le port. Le brick luttait seul... ma mère était tombée à genoux, et les yeux fixés sur la mer, de plus en plus furieuse, elle priait.... nous distinguions le bâtiment en détresse ; les dernières lueurs du crépuscule nous le montraient, se débattant contre les vents et contre les flots ; il était trop loin, et la nuit devenait trop sombre pour que nous pussions reconnaître les malheureux marins.... mais l'instinct du cœur nous disait assez que mon père était là... Que vous dirai-je, mon ami ? Dieu avait marqué la fin de notre bonheur.... Après une heure de lutte et d'angoisse inexprimables, un coup de vent s'éleva, plus impétueux et plus fort que les précédents, et lança le navire sur les écueils qu'il cherchait à éviter.

« Il est perdu ! s'écria-t-on autour de nous, c'en est fait d'eux ! »

» Ma mère se dressa et regarda l'étendue.... La lune en ce moment laissa paraître son disque entre les nuages que balayait le vent : un rayon tomba sur les flots bouleversés... le brick lancé sur les rochers s'était brisé, et les débris de sa mâture et de sa carène flottaient sur la mer.... nous crûmes voir deux bras qui sortaient du sein des vagues, et ce fut tout... Ma mère poussa un cri et tomba sur le sable; on s'empressa autour d'elle, et on la reporta dans notre maison, veuve désormais de son maître.... Toute la nuit se passa en vains essais de sauvetage. Vers le matin, le flot poussa sur la grève une caisse et quelques objets qui avaient appartenu à mon père : tout se borna là ; mon père et ses compagnons ne reparurent jamais; ils étaient morts de la plus triste des morts, *ils avaient péri en mer!*

» Cette même et funeste nuit s'écoula pour ma mère dans un état d'atonie, auquel ne purent remédier les soins les plus intelligents. Le matin, après de fortes saignées, ses yeux s'ouvrirent et me dirent qu'elle vivait; mais ils me le dirent seuls, car sa langue et ses membres étaient frappés de paralysie. Immobile, sans voix, elle me regardait, et son regard où se peignait la plus profonde, la plus irréparable douleur, me déchirait l'âme. Enfin, de son cœur brisé sortirent des flots de larmes, qui inondaient son visage, sans que ses mains glacées pussent les arrêter. Hector, je n'oublierai jamais ce spectacle; mes yeux éteints le voient encore, car j'en ai conservé la navrante et profonde image au fond de mon cœur.

» Après un long temps donné à cette première explosion, à ce besoin de larmes, je m'aperçus que ma mère priait; je me mis à genoux près de son lit, et je priai avec elle. Elle parut plus calme; son beau regard me disait que cette prière en commun la consolait, et il semblait l'entendre me répéter comme autrefois :

« La volonté de Dieu soit faite ! »

» Cette volonté, que dès l'enfance j'avais appris à bénir, me fit entrer dans une voie de travail, de privations et de sacrifices. Sans transition, je sortis de l'enfance, de l'âge de la protection et de la dépendance, pour devenir homme et protecteur d'un être aimé, désormais plus faible que moi. Mon père n'avait laissé aucune fortune; l'armateur, pour le compte duquel il naviguait, voyait depuis long-temps son crédit ébranlé, et le naufrage du brick acheva sa ruine. Il ne put rien pour nous ; notre famille, très-pauvre elle-même, était impuissante à nous secourir, et après l'élan sympathique des premiers moments, l'attention du public se porta vers d'autres infortunes ou vers de nouveaux plaisirs. On nous oublia complètement. Seule, une pauvre voisine, cœur d'or tout enflammé du feu de la charité chrétienne, continua à nous visiter et à rendre à ma mère des soins que je ne pouvais lui donner. Il fallait vivre, donc il fallait travailler.

» J'avais commencé à apprendre l'état de graveur, et j'avais pris pour spécialité les cartes marines, si utiles aux pauvres navigateurs. Il fallut renoncer à cet état qui me plaisait pour embrasser une branche plus lucrative, mais moins honorable de l'art. J'entrai, comme ouvrier plutôt que comme artiste, dans l'atelier d'un graveur de cartes de visites, et je fus employé aux préparations que subissent les cartes élégantes, et qui donnent au papier l'aspect de la porcelaine. Ce métier, quoique assez fructueux, est peu recherché, car il présente à l'artisan un danger continuel et véritable, par l'emploi des métaux, cuivre et plomb, qui agissent sur les yeux et sur la poitrine. Je connaissais ces inconvénients; mais je devais servir de soutien à ma mère, et j'allai sans crainte au-devant de ce péril invisible et permanent. La vie n'est-elle pas toujours un combat, soit que nous luttions contre les dangers, les obstacles extérieurs, soit que nous combattions contre notre propre cœur? Je combattis donc; je travaillai avec ardeur, heureux de rapporter à la maison ce salaire, qui préservait ma mère des plus rudes atteintes du besoin, et qui sauvait notre commune fierté de l'amertume des secours étrangers. J'ajoutai quelques autres ressources à ce premier travail : le soir, je copiais des rôles de contributions et de la musique; le dimanche, je touchais l'orgue de notre paroisse, non que je fusse grand musicien, mais j'avais affaire à une église trop pauvre pour pouvoir employer un talent réel.

» Que vous dirai-je? ainsi s'écoulèrent les dernières années de l'adolescence, les premières années de la jeunesse, dans un labeur continuel, dans une lutte permanente contre des besoins toujours renaissants, et que les infirmités croissantes de ma mère rendaient plus pénibles. C'était, je l'avoue, une vie rude; je sentais tous les jours *ce joug qui pèse sur les fils d'Adam*, et sans l'idée toujours présente de ce Dieu que ma mère m'avait appris à aimer, je n'aurais pu supporter ni le travail continuel, ni la privation absolue de toute distraction la plus fugitive, ni la pauvreté de plus en plus étroite, ni surtout l'isolement éternel où je me trouvais même en présence de ma pauvre mère, qui, couchée sur son lit, sans mouvement et sans parole, semblait un cadavre à qui je rendais quelques soins pieux. Quelles journées de fatigue ! quelles soirées de tristesse ! que de larmes silencieuses versées sur le chevet confident des douleurs des hommes ! Oui, je le confesse, le devoir était âpre, la croix était rude, l'âme était encore jeune et faible, et, je le dis devant Dieu qui m'entend, sans Lui, le consolateur éternel, sans Lui, l'appui des faibles, un pareil sort ne m'eût pas paru supportable. Mais sa grace ne m'abandonna point, car elle vient en aide à la plus faible bonne volonté.

» Fidèle aux habitudes que ma mère m'avait enseignées, dès le matin, je me mettais sous la protection divine; j'offrais mes actions et mes peines au souverain Rémunérateur, et, sous ses yeux, j'abordais plus résolu les travaux et les contradictions de la journée. Par une grace que je ne méritais pas, la pensée de Dieu m'était devenue habituelle; je pensais avec joie qu'il était le témoin de mes fatigues et de mes chagrins, que rien n'était perdu pour lui, et qu'il comptait les efforts que je faisais pour obéir au devoir que lui-même m'avait tracé. Parfois, dans les heures si longues d'un labeur monotone, je me représentais le Fils de Dieu, Jésus venu parmi les hommes et travaillant dans l'humble atelier de Nazareth. Cette image rafraîchissait mon cœur, et je m'unissais aux travaux et aux fatigues du divin Ami que nous avons au ciel. Les pratiques de la religion consolaient mon âme; nul n'est exilé du banquet des consolations célestes : le bonheur de la terre n'est que pour quelques-uns, les félicités du ciel n'excluent personne!

» Durant ces années de labeurs et d'afflictions, je me souviens cependant de quelques instants d'une joie bien douce : c'était un moment de prière plus intime, plus recueillie que de coutume; c'était une communion où j'avais senti de plus près Celui qui, pour notre consolation, *habite avec nous jusqu'à la fin des siècles;* c'était un passage de l'Evangile plus vivement rappelé à mon esprit, comme si une voix intérieure me l'eût fait entendre pour m'encourager. Je me souviens qu'un jour, entr'autres, j'étais inquiet, parce que les besoins de notre pauvre ménage s'augmentaient, sans que mes ressources prissent de l'accroissement, et avant d'aller au travail, j'étais entré dans une petite chapelle où l'on disait la messe. Distrait jusqu'en face de l'autel, je repassais les chiffres de mon pauvre budjet, et je sentais une profonde tristesse gagner mon cœur, lorsque mes yeux tombèrent sur deux bouquets de lis, placés sur l'autel, et ces paroles du divin Maître se représentèrent à mon esprit :

« Considérez comment croissent les lis des » champs : ils ne travaillent ni ne filent. Or

» je vous dis que Salomon même, dans toute
» sa gloire, n'était pas vêtu comme l'un
» d'eux. Si Dieu revêt ainsi l'herbe des
» champs, qui est aujourd'hui et qui demain
» sera jetée dans la fournaise, combien aura-
» t-il plus de soin de vous vêtir, hommes
» de peu de foi ! Ne vous inquiétez donc pas
» en disant : Que mangerons-nous, ou que
» boirons-nous, ou de quoi nous vêtirons-
» nous? car les Gentils s'occupent de toutes
» ces choses; mais votre Père sait que vous
» en avez besoin. »

» Puissante douceur des paroles de l'Evangile! ces mots me suffirent et relevèrent soudain mon esprit abattu. Je remis mes inquiétudes entre les mains de mon Dieu, et, soulagé, je retournai à mon travail, à mon devoir, persuadé que si j'accomplissais ce que le Seigneur attendait de moi, à son tour, le Seigneur ne me ferait pas défaut. Cependant il lui plut de m'éprouver davantage : il sait,

Lui, le pourquoi de ce que les hommes appellent un grand malheur, une infortune accablante..... que son Nom soit béni !

» Le travail dangereux auquel je me livrais depuis plusieurs années avait considérablement affaibli ma vue, et de jour en jour elle s'obscurcissait davantage. Je sentais les inconvénients de cette infirmité, je m'attristais parfois en trouvant un voile entre la nature et moi, et en rencontrant des difficultés sérieuses dans l'accomplissement de mes devoirs; peu-à-peu, mon état devint plus grave, les médecins me donnèrent peu d'espoir, et je vis qu'un nouveau sacrifice allait m'être demandé. Oh ! mon cher Hector, que la nature est faible contre les privations et la douleur ! que j'eus de moments de murmure, d'inquiétudes dévorantes, de sombre douleur ! La cécité et l'indigence, la plus affreuse indigence, se représentaient continuellement à mon esprit, et il semblait que toute mon âme criât vers Dieu : « Je ne veux pas ! éloignez ce calice ! je ne saurais le vider ! »

» Ce fut dans ces dispositions que j'allai trouver un saint prêtre qui avait ma confiance. Il écouta mes plaintes avec l'indulgence d'un père, et me dit enfin d'un ton calme :

« Mon enfant, n'êtes-vous plus chrétien, et Dieu n'est-il plus Dieu ? N'êtes-vous plus disciple de la Croix ; n'êtes-vous plus le fils de ce Père sage et bien-aimé qui sait ce qui nous est bon ? Voici l'épreuve que ce grand Dieu vous a destinée de toute éternité, à laquelle il attache les immortelles récompenses. Allez-vous faiblir au moment du combat ?... »

» Je baissai la tête.

« Ne voulez-vous pas, reprit-il, accepter la croix que votre Sauveur vous a préparée, et que, suivant ses saintes et véridiques paroles, nous devons porter après lui ? Voulez-vous dire à votre Dieu, comme l'ange rebelle :

« Je ne veux pas! »

» Je ne répondis point.

« Mon fils, ajouta-t-il, prions ensemble. »

» Il récita le *Pater* tout haut. A ces paroles : *Que votre volonté soit faite!* il me regarda et me dit :

« Puis-je dire cette parole, vous y unissez-vous, mon fils? »

» La parole du prêtre et la prière avaient relevé mon âme; le courage du chrétien venait d'y rentrer : *Que votre volonté soit faite!* dis-je tout haut; je veux ce que Dieu veut.

« Puisque vous parlez ainsi, répondit le prêtre, je vous promets, de la part de Dieu, la paix; vous la trouverez dans la peine la plus amère, elle ne vous quittera plus, et Celui qui vous éprouve se chargera lui-même de faire votre bonheur. »

» J'inclinai la tête sous cette promesse, et je m'en allai le cœur paisible et tout préparé à ce que, une heure auparavant, je redoutais mille fois plus que la mort. L'évènement me trouva disposé et n'eut pas même le pouvoir de me surprendre : je devins totalement aveugle et incapable de travailler. Ce fut alors que je connus la bonté de Dieu dans toute son étendue, car j'en vis le reflet dans ses créatures. La divine Providence me suscita tout-à-coup, à moi jusqu'alors si abandonné, des amis pleins de zèle, des bienfaiteurs tendres et bons comme des pères et des frères; ils entourèrent ma mère et moi de mille soins, de mille prévenances ingénieuses, contre lesquelles la fierté la plus ombrageuse n'aurait pu se révolter. Oh ! qu'alors la nature humaine m'apparut consolante et belle, et que je bénis Dieu, qui a mis tant de dévoûment dans le cœur des hommes de bonne volonté ! J'ai vécu de la charité de mes frères ; j'ai été pour quelques nobles âmes le but de leurs bonnes actions, et je ne rougis pas de l'avouer, car ces moments ont été les plus doux de ma vie : je voyais Dieu manifesté dans les œuvres de ses élus. Je commençais cependant à trouver quelques nouvelles ressources dans mon faible talent musical, que les circonstances me permettaient de cultiver, lorsqu'il plut à Dieu d'éprouver encore une fois ma fidélité. On m'annonça que ma mère était très-mal et qu'elle semblait toucher au terme de ses longues souffrances. Hélas ! depuis six mois je n'avais pu interroger ce visage bien-aimé, et je n'avais connu l'immense douleur que lui faisait ressentir mon infirmité, qu'au faible serrement de sa main tremblante que la mienne allait chercher ! Mes amis, mes bienfaiteurs, quelques femmes chrétiennes et généreuses, l'environnèrent de soins et auraient retardé la mort, si Dieu même n'en eût marqué l'heure.... On m'annonçait le progrès du mal, et je ne pouvais rien qu'offrir au Seigneur ce nouveau et plus pénible sacrifice. Les derniers secours qui préparent le chrétien à une meilleure vie furent donnés à ma mère ; j'entendis les prières du prêtre qui embaumait des suprêmes onctions ces yeux toujours si doux pour moi, ces lèvres qui m'avaient tant souri, ces mains qui m'avaient soigné avec tant d'amour, et je ne pouvais plus rien, que recommander à Dieu la chère mourante qui s'en allait vers lui.

» Vers le soir de ce même jour, on me laissa seul un instant avec ma mère. Je m'assis à côté de son lit, et je pris sa main ; ses doigts raidis essayèrent de serrer la mienne ; une demi-heure se passa ainsi... le silence n'était troublé que par la respiration inégale et convulsive de la malade... ce bruit devint plus faible... la main que je tenais devenait plus froide... il me semblait qu'elle glaçait la mienne..... On entra dans la chambre, et un de mes amis voulut m'emmener à l'instant, ma mère était morte !....

» Oh! mon cher Hector, vous ne savez pas, et puissiez-vous ne le savoir jamais! quel vide laisse en nous et autour de nous la mort de nos parents, de ceux par qui et pour qui nous vivons! A quoi bon vivre, alors qu'on n'est plus utile à personne, que personne n'attend plus votre venue et votre sourire pour être heureux! à quoi bon vivre, alors qu'on ne vit plus que pour soi? Je croyais avoir souffert, mais ce ne fut que du jour où je demeurai seul sur la terre que je connus combien la vie est une œuvre d'efforts, et combien, pour certaines âmes, il peut être méritoire de vivre et de ne pas désirer la mort... passons là-dessus : la volonté de Dieu était encore là; encore une fois, elle fut mon égide, et peu-à-peu je trouvai dans un commerce plus habituel avec le Ciel et avec les âmes chéries qui m'y attendaient, la patience et la résignation dont j'avais besoin pour ce cruel labeur qu'on appelle la vie....

» Je n'ai plus que peu de mots à vous dire. Mes amis me firent obtenir une place d'organiste dans le nord de la France; je passai deux ans dans un village du Hainaut français, deux ans d'une telle uniformité que je ne saurais distinguer les jours dont ces années étaient formées; la pauvreté de la paroisse où j'étais placé me força à quitter mon emploi; des amis zélés m'en ont trouvé un autre à Fribourg en Suisse; je me rends en ce moment à mon poste, heureux de vous avoir rencontré, mon cher Hector, vous qui avez été si fraternel et si bon pour moi.

» Vous connaissez mon histoire, et, comme je vous l'ai dit, quelques idées seules y ont laissé leur trace : la volonté de Dieu qui nous mène à notre but par des moyens pénibles à la nature; sa divine Providence qui, même au milieu d'apparentes rigueurs, veille sur nous avec tant de suavité; l'imitation de son divin Fils, qui a souffert pour nous acheter la vie et qui ne nous a pas tracé d'autre chemin que celui de la croix : ce sont là les pensées qui m'ont soutenu, qui me soutiennent encore, et quelque pénible qu'ait été mon sort, quelques épreuves que puisse me garder l'avenir, je ne voudrais pas changer cette destinée contre la vie la plus brillante, la plus heureuse, si, au milieu de ce bonheur, l'esprit du christianisme ne se rencontrait pas ! »

V

Le jour se fait.

Un long silence succéda à ces paroles; Hector semblait violemment impressionné, et sous le poids d'une émotion mêlée de surprise et presque de doute, il prit enfin la main de Robert, et dit :

« Se peut-il qu'au milieu d'infortunes aussi accablantes, vous ayez été calme et résigné, et que vous ne dussiez cette paix qu'à votre foi religieuse ?

» — Je vous atteste que cela est vrai ; sans la foi, j'étais perdu, car j'étais trop malheureux, et j'avais une âme trop ardente, trop avide de félicité, pour lutter seul contre ce naufrage de toute espérance humaine. Dieu m'a soutenu, c'est par lui que je vis, c'est par lui que je suis en paix !

» — Mais moi aussi, s'écria Hector, au milieu de ce que l'on nomme mon bonheur, je me trouve à plaindre ; je cherche avidement une joie, une paix que rien ne me donne ; je me consume en vains désirs ; il semble que mon âme ait soif : cette comparaison matérielle peut seule rendre ce que j'éprouve.

» — Avant vous, dit Robert avec gravité, avant vous, une bouche divine l'avait employée pour peindre l'inextinguible ardeur dont tant de pauvres âmes sont dévorées ; écoutez l'Evangile : *Jésus se tenait debout dans le Temple, et disait à haute voix : Si quelqu'un a soif, qu'il vienne à moi, et qu'il boive !...* Cher Hector, ce n'était plus la soif corporelle qu'il fallait calmer, comme en ces jours où Moïse frappait le rocher aride, et en faisait jaillir une eau abondante et pure, symbole des grâces de la Nouvelle Loi; Jésus parlait dans le Temple aux cœurs désolés, aux esprits avides, aux âmes que rien ne contente ici-bas, qui envient parfois le bonheur des autres, tout en comprenant que ce bonheur ne leur suffirait point; c'est à ces âmes impatientes d'un bien inconnu, qu'il s'adresse et qu'il s'offre lui-même, Lui, le bien des biens, afin de calmer les impétueux désirs que rien ne rassasie dans l'univers.

» — Ne sont-ce pas là de vaines paroles? Croyez-vous donc en Jésus-Christ?... »

A cette question, Robert se dressa par un mouvement involontaire, et l'aurore, qui se levait derrière les montagnes bleues du Rhin, éclaira son visage enflammé et grave à la fois.

« Vous me demandez si je crois en Jésus-Christ? Oui, j'y crois, Hector! Je confesse de toutes les forces de mon âme que Jésus est Dieu, qu'il est le Verbe, le Fils unique du Père; qu'il s'est offert en sacrifice pour l'homme pécheur; qu'après avoir été annoncé aux Patriarches, prédit par les Prophètes, attendu durant quatre mille ans par tous les justes de l'ancienne Loi, entrevu même par quelques-uns des Gentils, à qui une vie plus pure avait mérité cette grace, il vint, Lui, le Messie, le Rédempteur, au temps marqué, alors que toutes les prophéties étaient accomplies. Je crois qu'il naquit d'une Vierge, qu'il vécut dans la pauvreté la plus complète; qu'après trente ans d'obscurs labeurs et de vertus qui n'étaient connues que du ciel, il se dévoua à la prédication de sa céleste doctrine, évangélisant les pauvres, enseignant à tous une Loi de miséricorde, d'amour, de pardon, de justice, qui ne pouvait venir que du Ciel. Je crois qu'il signa cette Loi de son sang; que, Victime destinée du sacrifice, dès le commencement du monde, il accepta le supplice que lui préparaient les méchants; je crois qu'il fut vendu, trahi, livré aux Juifs, insulté, baffoué, flagellé, couronné d'épines, condamné à mort et attaché à la croix; je confesse qu'il y mourut, après avoir confondu ses bourreaux par sa dignité, sa patience et sa douceur invincible; je crois qu'il ressuscita au troisième jour, ainsi qu'il l'avait prédit, qu'il demeura quarante jours sur la terre, confirmant ses apôtres, établissant son Eglise immortelle; je crois qu'il vit pour nous au ciel et dans les tabernacles; qu'il est notre Ami fidèle, notre tendre Consolateur, le Protecteur qui nous garde en toutes nos voies.... Ah! mon ami, nous ne savons pas ce que Jésus-Christ est pour nous! »

Hector avait écouté ces véhémentes paroles avec une attention concentrée; à mesure que Robert parlait, un mouvement se faisait remarquer sur sa physionomie; il semblait que:

Je vois... Je sais... Je crois ! s'exprimât sur ses traits passionnés et mobiles; enfin, prenant encore une fois la main de Robert, et la serrant d'une forte étreinte, il s'écria :

« Si Jésus-Christ est tout cela pour nous, ce n'est pas asssz de toute notre vie et de tout notre cœur pour l'aimer comme il le mérite ! [1] »

Ces mots n'étaient pas achevés que les deux amis étaient dans les bras l'un de l'autre, inondés de larmes délicieuses : le jour se levait splendide au ciel, et le jour aussi s'était fait dans l'âme si long-temps assise à l'ombre de la mort !

[1] Cette réponse ne nous appartient pas : elle fut adressée par un homme long-temps éloigné de Dieu à l'ami qui venait de lui parler de Jésus-Christ; dès ce moment data une conversion admirable, une vie remplie d'œuvres héroïques, dont le souvenir embaume encore ceux qui en furent les heureux témoins.

VI

La maison paternelle.

Ce rayon de la grace qui avait si soudainement illuminé l'âme d'Hector ne fut pas un éclair passager, mais une lumière paisible et durable. Fatigué de tout, accablé du pesant fardeau de la liberté, des richesses et des plaisirs, il n'avait pu voir, sans une surprise profonde, le calme, la paix sereine qui respiraient dans l'extérieur de Robert, Robert pauvre, aveugle, isolé, qui ne semblait pouvoir inspirer d'autre sentiment que celui de la compassion, et qui avait paru à Hector presque digne d'envie. Plus tard, il avait goûté près de son nouvel ami ce charme que Dieu donne à ses élus, et qui est la parure de leur vertu, l'innocent attrait par lequel ils séduisent tant d'âmes et les enrôlent sous les drapeaux de l'aimable et souverain Maître. Le simple récit de Robert avait achevé cette conquête. Hector, entraîné vers le Dieu qui avait su consoler tant de malheurs, s'était dit que ce Dieu puissant l'aiderait à tirer parti de sa félicité, ou, pour mieux dire, il avait senti que le bonheur et le malheur de la terre ne sont que de vains mots, et que le service de Dieu est à la fois la suprême liberté et l'unique source de paix dans ce monde où, selon l'expression d'un homme qui avait souffert, *notre bonheur n'est jamais qu'un malheur plus ou moins consolé.*

La grace victorieuse, entraînante, acheva ce que le raisonnement avait commencé; elle réveilla les sentiments chrétiens assoupis dans le cœur du jeune homme; elle lui fit sentir ce qu'est l'âme éloignée de Dieu par le péché, et elle l'inonda de ces sentiments de pénitence et d'amour dont les âmes de David et d'Augustin étaient autrefois remplies. Eclairé de ces lumières nouvelles, Hector soupirait après l'heureux moment où il se verrait réconcilié avec Dieu :

« Je suis chrétien, disait-il à son ami, et je le serai en face du monde, tête levée, devant tous et toujours. Je ne garderai pas au fond du cœur l'ardente conviction dont le Ciel me favorise, je la ferai éclater à la vue de tous ceux que j'ai scandalisés. Priez pour moi, cher Robert, afin que je fasse honneur à la religion par une vie toute nouvelle, une vie de devoir et de bonnes œuvres.

» — Le Dieu qui vous éclaire vous soutiendra, répondait Robert, plein de joie. »

Tous deux avaient hâte de quitter le bateau à vapeur où leurs mouvements, leurs longs entretiens, surtout leur soudaine intimité servaient à défrayer la curiosité des voyageurs et des oisifs; ils gagnèrent la terre à Mayence, et Hector prit une chaise de poste qui devait les conduire à Fribourg, lieu de leur commune destination. Durant ce voyage, il répétait souvent :

« Ma mère sera heureuse, bien heureuse de mon changement ; elle a tant pleuré sur moi !

» — Ce sont les larmes des mères qui obtiennent la conversion des enfants.

» — Oui, je le pense.... ma mère pleurait parce qu'elle me voyait malheureux ; elle demandait à Dieu le remède de mon mal....

» — Et ce remède est trouvé.

» — Oui, je suis guéri ; je puis souffrir encore, mais non plus désespérer.

» — C'est le lot du chrétien : souffrir — espérer. »

La chaise de poste traversait un village catholique, au moment où l'on sonnait l'office du soir : Hector fit arrêter, disant :

« J'ai hâte de me trouver devant Dieu, afin d'implorer miséricorde... entrons, mon ami, entrons dans l'église, vous, comme le fils aîné, moi comme le pauvre prodigue.

» — Vous savez, dit Robert en souriant, que le prodigue fut si bien accueilli par le Père de famille, qu'il excita la jalousie de l'aîné. »

Ils entrèrent tous deux. L'église était sombre ; quelques femmes et quelques paysans étaient à genoux autour de l'humble autel et chantaient le *Salve Regina*, ce chant où respire toute la mélancolie de l'âme exilée loin du Ciel. Les amis s'agenouillèrent, et invoquèrent tout bas *la douce*, *la pieuse*, *la clémente Vierge*, la suppliant d'abaisser les yeux de sa miséricorde sur eux, gémissant dans cette vallée de larmes... Lorsque l'hymne fut achevée, le prêtre exposa sur l'autel le ciboire où repose l'Emmanuël, *le Dieu avec nous*, et bientôt tous les fronts se courbèrent sous l'auguste bénédiction. Lorsque Hector se releva, ses yeux étaient mouillés de larmes, et en sortant il pressa le bras de son ami sur sa poitrine, disant :

« Dieu est bon et je suis heureux ! »

Après un voyage court et sans incidents, ils arrivèrent à Fribourg, et traversant rapidement ses rues pittoresques, la chaise de poste s'arrêta devant une maison élégante, mais qui ne semblait pas habitée, car les volets des fenêtres étaient fermés. Cependant, au bruit de la voiture, la main d'une femme souleva une persienne; Hector leva les yeux, et dit avec émotion :

« Ma mère est là !

» — Que vous êtes heureux, cher Hector ! répondit Robert en soupirant au souvenir de sa mère. »

La porte-cochère s'était ouverte ; la voiture était entrée dans la cour, Hector se trouvait dans les bras de ses parents ; son père lui tenait les mains, disant :

« Mon enfant, que ton absence m'a paru longue !... »

Sa mère l'embrassait, disant aussi : « Mon Hector, ne fais plus de longs voyages.... je crains de mourir en ton absence !

» — Non, ma mère, non, je ne vous quitterai plus.... mon père, me voici revenu pour toujours.... je vous dirai, je vous raconterai tout ; mais permettez que j'aide mon ami à quitter la voiture. »

M. et Mme de Mesnil furent un peu surpris en voyant que leur fils, si sauvage, si peu liant, leur amenait un compagnon de son âge, et qu'il semblait aimer d'une tendre affection ; mais sans laisser percer leur étonnement, ils firent à Robert le plus aimable accueil, auquel il répondit avec la manière noble et simple qui lui était habituelle. La journée touchait à sa fin ; après une courte et cordiale réunion on se sépara; mais Hector, après avoir installé Robert dans son appartement, vint retrouver ses parents, qui causaient tout bas, et se disaient :

« Notre fils paraît plus heureux... que lui est-il donc arrivé? »

Hector entra au même instant, et après avoir embrassé sa mère, il s'assit entre elle et son père. Tous deux le regardaient d'un œil affectueux; il prit la parole enfin, et dit :

« Vous m'avez prié de ne plus m'absenter désormais, mon cher père, vous serez obéi; j'ai mis fin à mes caravanes, car ce que je cherchais, je l'ai trouvé. »

Les yeux de ses parents l'interrogeaient :

« Oui, reprit-il, j'éprouvais un malaise insupportable; je cherchais une paix que je ne rencontrais nulle part, faute de la chercher à sa véritable source; mais désormais, je l'espère, je n'aurai plus besoin de courir le monde pour trouver un bien que le Seigneur accorde à qui il veut : je suis revenu à Dieu ; je suis et je mourrai chrétien.

» — Oh ! mon enfant ! mon cher enfant ! s'écria Mme de Mesnil, quelle joie tu me donnes ! que Dieu soit mille fois béni ! sainte Vierge, c'est là un trait de votre bonté !

» — Mon fils, dit M. de Mesnil, en prenant la main d'Hector, c'est bien, c'est très-bien ! moi aussi, après les erreurs de la jeunesse et les vanités de la science, je suis revenu à la pratique de la religion, et je ne désirais qu'une seule chose, c'était de te voir suivre mon tardif exemple ! que Dieu soit loué ! nous serons heureux désormais. Mais, dis-moi, qui donc a porté la conviction dans ton cœur ?

» — Dieu, mon père, et après Dieu, cet ami que je vous ai présenté aujourd'hui, et que la Providence avait envoyé sur mon chemin pour m'ouvrir les yeux.

» — Ce pauvre jeune homme !

» — Oui, maman, et je t'en prie, au nom du bien qu'il m'a fait, regarde-le dorénavant comme un second fils.

» — Ah ! de tout mon cœur ! notre maison, notre table, notre fortune, tout sera à sa disposition.

» — Il ne demandera que votre amitié. »

Hector conta à ses parents, en détail et avec le feu d'une émotion récente, les circonstances qui avaient amené sa conversion. Une partie de la nuit s'écoula dans ce doux entretien, et le lendemain, à l'accueil de ses hôtes, Robert put s'apercevoir qu'il ne leur était plus étranger.

Hector accomplit, sans retard, ses promesses, et il goûta tous les délices qui, d'ordinaire, accompagnent les premiers jours d'une heureuse conversion. C'est le printemps de l'âme : mille fleurs éclosent du sein de la terre si long-temps aride ; des larmes d'une suavité inexprimable dilatent et rafraichissent le cœur si long-temps oppressé ; les chastes enivrements de l'amour divin font oublier tout ce qu'on appelle plaisir ici-bas. Hector goûta ces mystérieuses félicités, soit qu'il se livrât à la prière intime, épanchement d'une âme tant d'années muette, soit qu'au saint tribunal il sentît descendre sur son front le pardon, la miséricorde et l'amour, soit qu'à la table sainte il se rassasiât de l'aliment sacré qui donne à la pauvre âme humaine un Dieu pour hôte, pour frère et pour ami... il savoura toutes ces joies, et sa foi s'agrandit encore, car les mâles délices du ciel fortifient le cœur que les joies d'ici-bas avaient affaibli.

Ses parents, ses amis prenaient part à son bonheur ; une circonstance vint l'augmenter encore. Son père le prit un jour à part, et lui dit :

« Depuis huit jours, j'ai bien examiné,

bien étudié les yeux de notre bon Robert, et j'ai acquis la conviction que son mal n'est pas incurable, qu'une opération bien faite pourrait lui rendre la vue.... Je n'oserais pas la tenter, car ma main et mes yeux sont affaiblis, mais j'ai appris que M. V***, le célèbre oculiste, est en ce moment à Berne, et si tu le veux je le prierai de vouloir bien se rendre ici. Son jugement, je l'espère, confirmera le mien, et nous aurons la joie de voir ton frère Robert délivré de sa triste infirmité. Je me chargerai, bien entendu, de tout : frais de voyage, frais d'opération....

» — Oh! mon père, que vous êtes bon! vous croiriez que Robert peut guérir?

» — Je le pense.

» — Mon cher père, allons lui porter cette bonne nouvelle.

» — Penses-tu qu'il puisse la supporter sans trop d'émotion?

» — Oh! mon père, vous ne connaissez

pas Robert et son abandon à la volonté divine. Il ne poussera pas un soupir vers Dieu, pour que sa guérison s'accomplisse.... »

En effet, Robert écouta avec une douce reconnaissance la communication de ses amis; il consentit volontiers à recevoir les soins du célèbre oculiste, mais il ne témoigna ni grand empressement ni trop vive espérance. Hector s'inquiétait, s'empressait pour lui; il vivait dans son ami plus qu'en lui-même. L'oculiste arriva, et après un long examen, il confirma le jugement de M. de Mesnil, et trouva que l'opération pouvait se faire sur-le-champ. Robert y consentit; mais avant de se livrer aux mains de M. V***, il embrassa Hector, et lui dit :

« Cher ami, si l'entreprise ne réussit pas au gré de nos désirs, ne vous affligez pas trop; disons ensemble : Seigneur, que votre volonté soit faite! »

L'opération commença; elle fut longue et

douloureuse; enfin l'oculiste éloigna l'acier... Robert se leva, et s'écria d'une voix haute :

« Dieu soit béni ! je vois ! où est Hector ? »

Hector se jeta dans ses bras; tout était joie et bonheur dans la maison; un hymne de tendresse et de reconnaissance montait vers le Seigneur : c'était un coin de rideau levé sur le ciel.

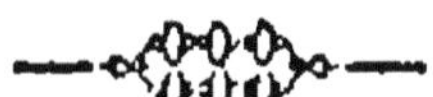

VII

Bonheur de la terre.

Quelques jours s'écoulèrent parmi les douces émotions du bonheur actuel, parmi les rêves plus doux encore d'un bonheur à venir. Toute la famille avait pris pour Robert le cœur d'Hector; il retrouvait là le père affectueux et bon qu'il avait à peine connu ; je dirais qu'il retrouvait sa mère, aimable et tendre, si une mère enlevée à l'amour de son fils pouvait se retrouver; il avait dans Hector un frère et mieux qu'un frère, et tous les parents, les amis de la famille lui témoignaient un sentiment de bienveillance, qui faisait vibrer au fond du cœur de Robert les cordes de la sympathie humaine, demeurées long-temps muettes dans les jours de solitude et d'isolement. Pour la première fois, il habitait un beau pays, et il jouissait de la splendide nature dont l'aspect lui avait été caché si long-temps. C'est un double bonheur : être heureux sous un beau ciel, puisque la contemplation d'un beau paysage suffit seule parfois pour calmer les peines, les agitations de la vie. Qu'est-ce donc lorsqu'il y a une secrète harmonie entre les joies de la nature, la richesse de la campagne, la suavité des cieux et les dispositions intimes de notre âme ? Mais alors, comme aux jours d'infortune, c'était vers Dieu que Robert élevait et reportait les sensations nouvelles et délicieuses de son cœur ; Dieu, soutien du malheur, modérateur de la prospérité ; Dieu, ce père tendre, qui reçoit avec un égal amour la myrrhe des larmes ou l'encens de la joie, offerts par ses enfants; Dieu n'était jamais absent ni des pensées ni des entretiens d'Hector et de Robert.

Quelques semaines s'étaient écoulées; Robert manifestait le dessein de se rendre au poste qu'il avait accepté. Quelles que fussent les joies qu'il goûtât au sein de cette famille sympathique et chère, la fierté de l'homme qui veut devoir l'indépendance au travail parlait haut en lui et l'empêchait d'accepter plus long-temps cette hospitalité, si douce et si cordiale qu'elle pût être. Les parents d'Hector, Hector lui-même, semblaient respecter ce projet, et l'avant-veille du jour fixé pour le départ, Hector convia son ami à faire une dernière promenade dans les montagnes, afin de revoir une dernière fois ensemble les sites qui leur étaient devenus chers et familiers.

Ils partirent dès le matin, quand l'aube teignait à peine d'incarnat les sommets bleuâtres des montagnes. C'était un beau jour de l'arrière-saison, mélancolique et serein; les arbres des vallées avaient déjà perdu les couleurs de l'été et revêtu ces nuances éclatantes, diaprées, qui étonnent les regards durant l'automne; les maisons étaient couvertes de vignes aux feuillages bruns et rouges; les arbres à fruits des vergers se coloraient d'une teinte safranée; les mésanges et les piverts voletaient autour des haies où les baies sauvages achevaient de mûrir; la terre renversée par le soc ou la pioche d'un laboureur matinal, fumait au soleil; à la porte des étables, les femmes trayaient les vaches, et la fumée blonde des foyers se perdait lentement dans l'azur du ciel.

Bientôt les jeunes gens, gravissant les degrés gigantesques des montagnes, perdirent de vue ces doux tableaux de la vie champêtre; le paysage devint plus sévère; les arbres nuancés par l'automne avaient fait place au sapin, *deuil des étés*, *parure des hivers*, à la verdure éternelle et sombre. Le ruisseau qui, dans la plaine, coulait tranquillement et servait aux usages domestiques, plus rapproché de sa source, bondissait entre les rochers, blanchissait d'écume le velours des mousses, et donnait seul une voix au silence de plus en plus profond de ces hauteurs solitaires.

Les deux amis errèrent une partie du jour, s'arrêtant tantôt sur quelque plateau d'où l'on découvrait l'amphithéâtre des montagnes, dominant la plaine paisible, et dominées elles-mêmes par le fantôme blanc des glaciers immobiles; tantôt, au pied d'une chapelle creusée dans le roc, où une pieuse main avait déposé une statue de la Vierge, au pied de laquelle un pâtre ou un voyageur avait offert une branche de rhododendron ou quelques tiges de gentiane. Vers midi, ils entrèrent dans un châlet; les bonnes gens les reçurent avec cordialité et leur offrirent du laitage, du pain de seigle et un peu de vin, conservé pour les grands jours; après ce modeste repas, ils redescendirent lentement les rampes inclinées des montagnes, et s'arrêtèrent enfin dans un petit vallon, où ils étaient venus plusieurs fois. De là, on distinguait comme une silhouette noire les clochers et le pont suspendu de Fribourg. Robert regarda cette ville qui lui avait été si bonne; et ses yeux, à son insu, exprimèrent un regret, Hector lui prit la main.

« Tu veux donc partir? lui dit-il.

» — Il le faut; tu le sais.

» — Et tu as pu penser que nous y consentirions?

» — Cher Hector, le moyen de faire autrement?... Cependant, si un jour je trouvais un emploi qui pût me rapprocher de toi, tu sais combien j'en serais heureux!

» — L'emploi est trouvé, et à moins que

tu ne sois pas heureux ici, la chose est arrangée.

» — N'être pas heureux près de toi! tu ne peux le penser... mais explique-moi?... »

Hector tira un papier de sa poche et le passa à Robert.

« Comment! s'écria celui-ci après avoir lu, qu'est-ce que cela veut dire? je suis acquéreur, moi, de la maison de commerce de ton oncle.... et les fonds? »

Hector lui posa la main sur l'épaule et lui dit d'une voix émue :

« Ne veux-tu pas accepter mon père pour créancier? c'était le seul moyen de te fixer parmi nous, nous l'avons choisi; nous avons rédigé cet acte, et nous espérons que tu ne nous démentiras pas et que tu voudras bien ajouter ta signature au bas de ce papier.

» — Mais un si grand bienfait!...

» — Ce mot existe-t-il en amitié? veux-tu gâter notre bonheur? Ecoute, Robert :

mon oncle te mettra au courant de ses affaires; avant peu de semaines, tu en sauras autant que lui, et avant peu d'années, si tu y tiens absolument, tu pourras rembourser la somme d'acquisition. Ecoute encore : Mon oncle a une fille aimable et pieuse, qui serait une femme selon le cœur de Dieu.... tu le vois, nous voulons t'enchaîner ici, et tu ne t'opposeras pas à notre bonheur et au tien... »

La main de Robert tremblait dans celle de son ami; il éleva enfin la voix; mais elle était troublée par les larmes :

« C'est trop!.... dit-il; c'est trop d'affection! cher Hector! mon frère....

» — Consens-tu? consens-tu? répondit Hector en riant; tu n'es plus libre de nous priver de ta présence.

» — Je suis à la volonté de Dieu, et à vous, mes bons amis, bien plus qu'à moi-même!.... Oh! que Dieu est bon!

» — Oui, Dieu est bon ! dit sérieusement Hector; qui le sait mieux que moi ! mais descendons, la nuit gagne; on va nous attendre au logis. »

Ils descendirent; mais à mesure qu'ils se rapprochaient de la vallée, le temps devenait plus froid et plus sombre. Une pluie glaciale commença à tomber et les mouilla sous leurs légers vêtements. Ils n'y prirent pas garde, et rentrèrent à la maison. Hector, rempli d'une gaîté vive et franche, qui ne lui était pas ordinaire; Robert, plongé dans une douce méditation, où se confondaient l'image paternelle de Dieu, la pensée de ses amis si parfaits et si tendres, et les perspectives lointaines de bonheur que lui offrait l'avenir....

Aussitôt que M. de Mesnil les vit, il s'écria :

« Eh bien ! Hector?

» — Mon père, il reste !

» — Tout est bien, alors; à table, mes enfants. Allons dire la bonne nouvelle à votre mère.

VIII

Bonheur du Ciel.

Le lendemain, Robert, en voulant se lever, fut saisi d'un étrange malaise, et sa tête lourde et brûlante retomba sur le chevet. Sa respiration semblait embarrassée, et une grande douleur lui déchirait la poitrine. Il ne put se tenir debout, et après avoir lutté pendant une heure contre cette subite souffrance, il fut obligé d'appeler. Hector et son père accoururent aussitôt. M. de Mesnil, après avoir examiné le malade, sortit pour aller chercher ses lancettes : il avait l'air soucieux. Son fils le suivit, et dit :

« Mon père, ce n'est rien ?...

» — Je le désire ; mais....

» — Que craindriez-vous ?

» — Une fluxion de poitrine... Cette pluie de hier soir... retourne auprès de Robert, mon cher enfant ; empêche-le de se découvrir ; nous allons essayer d'une saignée.... »

La saignée eut lieu, et sans grand effet... la poitrine s'embarrassait de plus en plus, sans que nul remède parvînt à la dégager. Plusieurs jours s'écoulèrent dans une mortelle angoisse pour cette famille qui se voyait frappée dans l'enfant, l'ami qu'elle avait adopté ; Mme de Mesnil pleurait comme si elle eût vu la mort suspendue sur la tête de son propre fils ; son mari errait, le front sombre, de la chambre de Robert à la bibliothèque, du lit du malade aux livres d'une science qui semblait impuissante ; Hector ne quittait pas le chevet de son ami ; il ne levait les yeux de dessus ce visage, où la vie luttait contre la mort, que pour les jeter sur la Croix, et pour redemander à l'Ami de Jean et de Lazare ce frère chéri près de partir.

Un soir, Robert, qui depuis long-temps gardait le silence, prit la main d'Hector, seul en ce moment avec lui, et lui dit d'une voix entrecoupée :

« Hector, dis-moi la vérité : suis-je en danger?... vais-je mourir?.... »

A ce mot, la force du jeune homme succomba; son cœur brisé éclata en sanglots; et il mouilla des larmes les plus amères la main de son ami mourant et calme :

« C'est assez, reprit celui-ci; j'ai compris. Cher Hector, pourquoi tant de douleur? n'est-ce pas notre Dieu qui le veut ainsi!

» — Perdre mon frère, le meilleur des amis! s'écria Hector, perdre ces longs jours de bonheur entrevu!...

» — Les échanger contre un bonheur éternel! dit Robert avec force; je le pressentais ; cela ne devait pas être : Dieu n'a pas voulu que je goûtasse d'un bonheur qui m'aurait sans doute, pauvre et faible nature que je suis, éloigné de lui. Bénie, à jamais bénie soit sa volonté ! Mais le temps presse, Hector, un dernier témoignage d'amitié ; va me chercher un prêtre. »

Hector obéit d'un air morne ; il rencontra son père et lui communiqua le désir de Robert :

« Il est temps, en effet, dit M. de Mesnil ; j'allais l'avertir, c'est le dernier service qu'on puisse rendre à un ami chrétien. »

Une heure après, un prêtre s'apprêtait à donner les dernières onctions à Robert, dont le beau visage était empreint d'une paix surhumaine. La famille entière était rassemblée autour du lit où mourait ce jeune homme, foudroyé dans son récent bonheur. Hector se cachait le visage ; une révolte intérieure agitait son âme ; il pleurait son ami, il pleurait la félicité espérée, il se pleurait lui-même qui allait être séparé du frère, du compagnon bien-aimé que Dieu lui avait choisi.

La cérémonie religieuse s'acheva dans un profond recueillement. Lorsque Robert eut terminé sa silencieuse action de graces, son dernier entretien terrestre avec le Dieu qui allait le couronner, il dit, en faisant un geste incertain de la main :

« Où est Hector ? je voudrais lui parler. »

Hector se jeta à genoux devant le lit et baisa et serra la main mourante qui cherchait la sienne.

« Hector, je ne te vois plus ! dit Robert ; mes yeux sont voilés comme autrefois... c'est la nuit.... la nuit qui commence.... après la nuit viendra le jour.... pourquoi pleurer, cher Hector ?..... ta douleur me trouble.... pourquoi regretter ce bonheur de la terre ?... l'éternité nous attend ... c'est la paix, l'amour, la joie sans fin.... la mort est un gain.... Hector, soumets-toi, dis : *Que la volonté de Dieu soit faite !* donne-moi cette dernière satisfaction..... »

Sa voix mourante s'arrêta épuisée ; Hector hésita.... enfin, d'une voix aussi brisée que celle de son ami, il répéta humblement :

Que la volonté de Dieu soit faite !

« *Et bénie à jamais !* répéta aussi Robert. Tes bons parents.... vis pour eux.... paix, bénédiction à vous tous.... Mon Dieu, pardonnez-moi, recevez-moi.... vous m'appelez !... c'est le bonheur du ciel..... »

Ce fut sa dernière parole.

FIN.

TABLE DES CHAPITRES

FIN DE LA TABLE.

LILLE. TYP. L. LEFORT. 1853.

BIBLIOTHÈQUE

HISTORIQUE ET MORALE.

1re série. — 91 vol. in-12. fig.

Tout le travail de cette collection a été fait dans cette profonde conviction, que le plus bel apanage de l'écrivain est d'éclairer l'intelligence, d'épurer le cœur, d'élever l'âme, et de déposer dans l'esprit du lecteur un bon germe, que le temps, l'expérience et la réflexion ne peuvent manquer de développer.

ADHÉMAR de Belcastel, ou ne jugez pas sans connaître.

ALGÉRIE (l') CHRÉTIENNE, par A. Egron.

AME (l'); entretiens de famille, etc.

AMIS DE COLLÈGE, par Mme Césarie Farrenc.

ANTOINE ET JOSEPH, ou les deux éducations.

ANTOINE, ou le retour au village, par l'abbé de Valette.

BEAUTÉS DES LEÇONS DE LA NATURE.

BIBLE DE FAMILLE; nouvelle édit. *approuvée*.

BOTANIQUE à l'usage de la jeunesse, par Mme B***

BRUNO; imité de l'allemand, par l'auteur d'*Adhémar*.

CHANTS HISTORIQUES, trad. de l'italien de Silvio.

CHARMES DE LA SOCIÉTÉ DU CHRÉTIEN.

CLOTILDE, ou le Triomphe du Christ[e] chez les Francs.

CORRESPONDANCE de famille sur le choix des amis.

DOM LÉO, ou le pouvoir de l'amitié, par l'aut. de *Lor.*

DRAMES à l'usage des colléges et des pensionnats.

EDMOUR ET ARTHUR, par l'auteur de *Lorenzo.*

ÉPREUVES (les) DE LA PIÉTÉ FILIALE, par le même.

EUGÉNIE DE REVEL, souvenirs du 18.e siècle.

FAMILLE (la) LUZY, par Henri Marg.***

FERNAND ET ANTONY; épisode tirée de l'hist. d'Alger.

FOI (la) L'ESPÉRANCE ET LA CHARITÉ, par M. L. B.

FRÉDÉRIC, ou l'amour de l'argent, par Mme Cés. Far.

GILBERT ET MATHILDE; épisode de l'hist. des crois.

HENRI DE FERMONT, ou la sévère leçon.

HISTOIRE D'ANGLETERRE.

HISTOIRE DE BOSSUET, par F. J. L. 2e édition.

HISTOIRE DE DU GUESCLIN, par ***

HISTOIRE DE FÉNELON, par F. J. L. 3e édition.

HISTOIRE DE FRANÇOIS Ier, roi de France.

HISTOIRE DE GODEFROI DE BOUILLON.

HISTOIRE DE HENRI IV, roi de France et de Navarre.

HISTOIRE DE LA RÉVOLUTION FRANÇAISE.

HISTOIRE DE LOUIS XII, surnommé le père du peuple.

HISTOIRE DE LOUIS XIV, à l'usage de la jeunesse.

HISTOIRE DE MARIE-ANTOINETTE, etc.

HISTOIRE de Napoléon, par l'aut. de l'*Hist. de Vauban.*

HISTOIRE DE PHILIPPE-AUGUSTE.

HISTOIRE DE RUSSIE.

HISTOIRE DE S. FRANÇOIS D'ASSISE, par l'ab. Petit.

HISTOIRE DE SAINTE MONIQUE, par le même.

HISTOIRE DE S. LOUIS.

HISTOIRE D'ESPAGNE.

HISTOIRE DES SOLITAIRES D'ORIENT.

HISTOIRE DE STANISLAS, roi de Pologne; par ****

HISTOIRE DE VAUBAN, par l'aut. de l'*Hist. de Napol.*

HISTOIRE DU BAS-EMPIRE, par Ant. Caillot. 2 vol.

HISTOIRE DU BRAVE CRILLON.

HISTOIRE DU GRAND CONDÉ.

HISTOIRE DU MOYEN-AGE, par F. G.

HISTOIRE DU PONTIFICAT DE PIE VI.

HISTOIRE DU PONTIFICAT DE PIE VII.

JEANNE D'ARC, par Maxime de Mont-Rond.

JÉRUSALEM, histoire de cette ville célèbre.

JULES, ou la vertu dans l'indigence.

JULIEN DURAND; nouvelle imitée de l'anglais.

LANCELLE ET ANATOLE, ou les soirées artésiennes.

LORENZO, ou l'empire de la religion. G. T. D.

MANUSCRIT (le) BLEU, ou la jeune femme chrétienne.

MISSIONS D'AMÉRIQUE, d'Océanie et d'Afrique.

MISSIONS DU LEVANT, d'Asie et de la Chine.

MORALE DU CHRISTIANISME, offerte à la jeunesse.

NAUFRAGE (le), ou l'île déserte, suivi d'*Arthur Daue.*

NOUVEAU THÉATRE des mais. d'éduc. pour les j. gens.

NOUVEAU THÉATRE des mais. d'éduc. pour les j. pers.

PETIT (le) SAVOYARD, suivi du *pauvre Orphelin*, etc.
RENÉ, ou de la véritable source du bonheur.
RETOUR A LA FOI; tr. de l'espagnol d'Olavidès.
RETOUR DES PYRÉNÉES, suivi de fragments, etc.
ROSARIO; histoire espagnole, par l'auteur de *Lorenzo*.
St-PIERRE DE ROME et le Vatican, par de Ravensberg.
SÉRAPHINE, ou le Catholicisme dans l'Amérique sept.
SOLITAIRES (les) d'Isola Doma, par l'aut. de *Lorenzo*.
SOUVENIRS d'Angleterre, et Consid. sur l'Eglise anglic.
SOUVENIRS D'ITALIE, par M. le marquis de Beaufort.
THÉATRE DES JEUNES FILLES, par Mme C. Farrenc.
TRAITS ÉDIFIANTS, recueillis de l'Hist. ecclésiastique.
TRIOMPHE (le) DE LA PIÉTÉ FILIALE.
VIE DE BRIDAYNE, missionnaire, par l'abbé Carron.
VIE DE MARIE LECKZINSKA, reine de France.
VIE DE Ste THÉRÈSE, suivie de la par. sur le *Pater*.
VIE DE S. VINCENT DE PAUL, extr. de la vie du Saint.
VIE PRATIQUE DE S. ALPHONSE DE LIGUORI.
VIE PRATIQUE DE S. LOUIS DE GONZAGUE.
VISNELDA, ou le Christianisme dans les Gaules.
VOYAGE A HIPPONE, au commencement du 5e siècle.
VOYAGE aux Pyrénées, par l'aut. du *Ret. des Pyrénées*.
VOYAGE sur la mer du monde, orné d'une carte allég.
VOYAGES aux Montagnes rocheuses, par le P. de Smet.
YOULOFS (les); histoire par M. de Préo.

2me série. — 36 vol. in-12 fig

AFRIQUE (l'), d'après les voyageurs les plus célèbres.
AMÉRIQUE (l'), d'après les voyageurs les plus célèbres.
ARCHITECTES (les) les plus célèbres.
ASIE (l'), d'après les voyageurs les plus célèbres.
DÉCOUVERTES les plus célèbres et les plus utiles.
DÉVOUEMENT (le) catholique pend. le choléra de 1849.
ÉCOLE (l') des jeunes demois., par l'abbé Reyre. 2 vol.
ÉCOLE DES MOEURS de la jeunesse.
FRANCE (la) chrétienne, par Maxime de Mont-Rond.
FRÈRES (les) d'armes, chron. militaire du moyen-âge.
GUERRIERS (les) les plus célèbres, depuis Ch. Martel.
HISTOIRE DE CHRISTOPHE COLOMB.
HISTOIRE de Pierre d'Aubusson, grand-maît. de Rodes.
HISTOIRE DE THÉODOSE-LE-GRAND, par M. B.
HISTOIRE DE TURENNE, par Raguenet.
HISTOIRE du cardinal de Bérulle, par M. l'abbé Petit.
HISTOIRE du chevalier Bayard, par Guyard de Berville.
HISTOIRES édifiantes et curieuses, par Baudrand.
HOMMES D'ÉTAT (les) les plus célèbres de la France.
JOSEPH, ou le vertueux ouvrier, par M. l'abbé Petit.
MAGISTRATS (les) les plus célèbres de la France.
MARIE, ou la vertueuse ouvrière, par M. l'abbé Petit.

MARINS (les) les plus célèbres, par Max. de Mont Rond.

MÉDECINS (les) les plus célèbres.

MODÈLES DE PERFECTION CHRÉTIENNE.

NAUFRAGES (les) les plus célèbres.

NOUVELLE MORALE EN ACTION.

OCÉANIE (l'), d'après les voyageurs les plus célèbres.

ORPHELINS (les), ou deux adoptions.

PEINTRES (les) les plus célèbres.

ROBINSON (le) DU JEUNE AGE.

TROIS (les) COUSINS, par d'Exauvillez.

UNE HISTOIRE CONTEMPORAINE, par Marie Emery.

VIE DE M. DE LA MOTTE, évêque d'Amiens.

VIES de S. Bernard, de S. Dominique, de S. Bruno, etc.

Chez les mêmes Libraires :

ŒUVRES COMPLÈTES DU CARDINAL GIRAUD

ARCHEVÊQUE DE CAMBRAI.

avec la VIE, par M. l'abbé CAPELLE, Missionnaire apostolique.

8 vol. in-8° portrait. 24 fr.

Collection complète de la Bibliothèque de Lille, jusqu'en Octobre 1852, **520** vol. in-18. (la plupart ornés de vignettes). 148 »

— La même collection *cartonnée solidement en 245 volumes* 182 »

(Franc de port par toute la France.)

Cette collection, composée d'ouvrages variés et intéressants, peut former une BIBLIOTHÈQUE *gratuite*, très-utile aux besoins moraux d'une commune.

☞ Voir le prospectus pour l'année 1853.

Marie protectrice de la France, ou Neuvaine pour obtenir l'intercession de la sainte Vierge dans les temps présents. *avec approbation*. in-32. » 50

De la confiance en Dieu dans les calamités publiques, par l'auteur de *Marie protectrice*. in-32. *avec approbation*. » 50

Le pouvoir de la prière. in-32. » 50

☞ Il est accordé sur ces trois ouvrages (auxquels sont joints *la sainte messe et les vêpres du Dimanche*), de fortes remises *en exemplaires*, selon l'importance des demandes.

— Lille Typ. L. Lefort. 1853. —

www.ingramcontent.com/pod-product-compliance
Ingram Content Group UK Ltd.
Pitfield, Milton Keynes, MK11 3LW, UK
UKHW020159200726
13856UKWH00003B/1087

9 782013 059435